folio . benjamin

110632356

Traduit de l'anglais par Anne de Bouchony
Conception de mise en pages : Françoise Pham

ISBN : 2-07-052857-X
Titre original : *Eek ! : The Spooky Sleepover*
Publié par Grosset & Dunlap, New York
© Joan Holub, 1999, pour le texte
© Cynthia Fisher, 1999, pour les illustrations
© Gallimard Jeunesse, 1999, pour la traduction française
Numéro d'édition : 91936
Loi n° 49-956 du 16 juillet 1949
sur les publications destinées à la jeunesse
Dépôt légal : avril 2000
© Christiane Schneider und Tabu Verlag Gmbh, München
pour le design de la couverture
Imprimé en Italie par la Editoriale Lloyd

Gallimard Jeunesse

Nuit blanche

Joan Holub / Cynthia Fisher

folio benjamin

L'histoire d'Émilie

– Racontons-nous des histoires qui font peur, dit Émilie.
C'était un vendredi soir, et Jeanne et Clara étaient invitées à passer la nuit chez Émilie.
– Non ! dit Clara. Nous venons de voir cette vidéo à nous donner la chair de poule ! Assez de frayeur pour ce soir !

Jeanne poussa Clara du coude
et éteignit la lampe.

– Ne sois pas si froussarde, dit-elle.
Clara remonta son sac de couchage
jusqu'au nez.
– D'accord, mais si je me réveille
en hurlant, ce sera de votre faute.

Émilie se lança la première.
Elle commença son histoire
d'une voix inquiétante...

Toc ! Toc ! Toc !

« La nuit était sombre, très sombre.
Trois fillettes passaient la nuit
ensemble.
Elles mangeaient une pizza
et se faisaient les ongles.
Puis elles regardèrent une vidéo
qui fait peur.

Mais ce film avait quelque chose
de très étrange.
Elles en étaient les héroïnes !
Le film les montrait en train
de manger de la pizza et de se faire
les ongles.
Puis elles se passaient une vidéo
qui fait peur.
Comment cela était-il possible ?

C'était un film sur elles !

Les trois fillettes étaient trop
terrorisées pour bouger.
Alors, elles continuèrent à regarder.
Dans le film, il y avait une ombre
sombre, très sombre, à la porte
de leur maison.

Toc ! Toc ! Toc !
– J'arrive, disait l'ombre.
Et le portail s'ouvrait.
Criiiiik !

L'ombre sombre, très sombre
s'allongeait jusqu'à leur porte
d'entrée. Et la porte s'ouvrait.
Ouiiiiik !

L'ombre sombre, très sombre,
grimpait les marches.
Pof! Pof! Pof!
– J'arrive, disait l'ombre.

Les filles de la vidéo entendirent
bientôt du bruit de l'autre côté
de la porte.
Elles se mirent à hurler.
Au même moment, les filles qui
regardaient la vidéo entendirent
du bruit de l'autre côté
de LEUR porte.
Elles hurlèrent à nouveau.
Elles arrêtèrent la vidéo.

Mais c'était trop tard !
Toc ! Toc ! Toc !
Elles entendirent une voix horrible
dire : " Me voilà ! " »

À cet instant, quelqu'un frappa réellement à la porte de la chambre d'Émilie.
Toc ! Toc ! Toc !

Émilie, Jeanne et Clara s'écrièrent :
« Aaaaaahh ! »

La mère d'Émilie entra
avec un plateau de jus de fruits
et de biscuits dans les mains.
– Que se passe-t-il ?
demanda-t-elle. Je vous apporte
juste un petit en-cas...

L'histoire de Jeanne

– Ooooh ! Ton histoire était
effrayante ! dit Jeanne à Émilie.
Mais j'en connais une encore pire !
Clara se leva d'un bond et alluma.
– Non ! dit-elle, ça suffit !
Mais Émilie éteignit à nouveau.
– Ne sois pas si trouillarde,
la taquina-t-elle.
Clara soupira et capitula.

Jeanne se tut une minute.
Puis elle commença son histoire
d'une voix inquiétante...

L'attaque des biscuits

« C'est l'histoire d'une fillette
gourmande qui aimait les gâteaux
en forme d'animaux.
Chaque fois qu'elle en commençait
un, elle disait : "Je t'aurai !"
Ensuite elle ne faisait qu'une bouchée
de sa tête, puis de sa patte
et de sa queue.
Enfin, elle l'engloutissait.

Un jour, l'école installa un nouveau
distributeur de friandises.
Il contenait plein de bonnes choses
à grignoter.
Mais il n'y avait qu'un seul sachet
de petits gâteaux en forme
de bestioles.

La fillette le voulait à tout prix.
Alors, elle bouscula un enfant
dans la queue.
Elle mit son argent dans la machine,
et eut les gâteaux.
Mais au moment où elle
allait ouvrir le sachet,
la cloche sonna.
Elle fourra donc
les gâteaux dans sa poche
et entra dans la classe.

En cours de calcul, la fillette entendit
un drôle de bruit venant de sa poche.
Cric! Crac!
C'était comme si le sachet remuait.
Elle écouta attentivement.
Plus rien...

Pendant l'heure de lecture, il lui
sembla entendre une voix bizarre.
– Nous t'aurons ! disait la voix.
– Quoi ? demanda-t-elle à son voisin.
– Je n'ai rien dit, répondit-il.

Ce fut bientôt la fin des cours.
Et à ce moment-là, la fillette mourait
de faim !
Mais elle ne voulait pas partager
les gâteaux avec ses amis.
Elle décida qu'elle les mangerait
en arrivant à la maison.

La fillette mit la main dans sa poche.
Elle toucha le sachet du bout
des doigts.
C'était comme si le sachet avait été
entrouvert à l'un des coins.
"C'est bizarre", pensa la fillette.
Car elle ne l'avait pas ouvert.

Lorsqu'elle arriva chez elle,
elle se précipita dans sa chambre.
Elle était trop pressée de manger
ses fameux gâteaux.
Elle sortit le sachet de sa poche
et le déchira sur toute la largeur.
Elle plongea la main dedans.
Et c'est là que se passa un événement
incroyable...

Quelque chose mordillait les doigts
de la fillette !
Elle retira sa main et lâcha le sachet.

Celui-ci bougeait :
Cric ! Crac !
Les gâteaux en forme d'animaux
étaient bien vivants !
Et ils sortaient du sachet un par un !
– Nous t'aurons ! disaient-ils
de leur petite voix de biscuit.
Cric ! Crac ! »

À cet instant précis, Jeanne farfouilla
dans un sachet de petits gâteaux
en forme d'animaux
qu'Émilie avait dans les mains.
Cric ! Crac !
Émilie hurla et lâcha le sachet.
Jeanne gloussa.
– Je t'ai bien eue ! dit-elle.

L'histoire de Clara

Clara s'extirpa de son sac de couchage.
– On en a fini avec les trucs qui font
peur ? demanda-t-elle.
Émilie secoua la tête.
– Pas du tout, dit-elle.
Maintenant, c'est à ton tour
de raconter une histoire qui fait peur.
Si tu en connais une, bien sûr.
Clara se creusa la tête.

– Eh bien, oui, peut-être une,
dit-elle. Mais elle est trop
épouvantable.
Ce qui excita Émilie et Jeanne.
– Allez, vas-y, dit Émilie.
Nous ne sommes pas des poules
mouillées.
Clara haussa les épaules.
– D'accord, dit-elle. Mais vous
ne direz pas que je ne vous ai pas
prévenues.

Clara prit une voix glaçante
pour commencer son histoire.

Poule mouillée

« Un jour, une fillette alla passer la
nuit chez ses deux amies.
Elle n'aimait pas du tout les choses
qui font peur.
Mais ses deux amies lui mirent
une cassette de film d'horreur.
Puis elles racontèrent des histoires
horribles.
Alors, la fillette décida de se venger.
Mais comment ?

Eh bien, il y avait quelque chose que
ses amies ne savaient pas à propos
d'elle. Elle possédait des pouvoirs
magiques. Elle pouvait transformer
des filles endormies en tout ce qu'elle
voulait.

C'est ainsi que, cette nuit-là,
la fillette attendit que ses deux
amies s'endormissent.
Au douzième coup de minuit,
elle se glissa près d'elles.

La fillette pointa le doigt vers chacune de ses deux amies.
Ses cheveux se dressèrent sur sa tête.
Un souffle d'air froid traversa la chambre. La fillette prononça quelques formules magiques...
"Sinistre, dingue, maigrichonne limace.
Poisseuse, collante, crasseuse bestiole!"

Pfuuiit! Plus d'amies.

L'une d'elles était devenue une limace maigrichonne, et l'autre une blatte poisseuse !

a fillette ramassa la limace et la blatte.
t les mit dans un bocal de verre.
lle les emporterait lundi à l'école
our la récréation. »

Clara sourit, avec un sourire
inquiétant.
Émilie et Jeanne la dévisageaient
avec des yeux écarquillés.
– Ce n'est pas une histoire vraie, dis ?
demanda Émilie.
– Tu ne nous en veux pas vraiment,
dis ?

Clara sourit, avec un autre sourire
inquiétant.
– Allez, demanda Jeanne, dis-nous
que ce n'est pas vrai, sinon
on n'arrivera jamais
à s'endormir !

– Pourquoi ? dit calmement Clara.
Elle remonta son sac de couchage
sur elle, et ferma les yeux.
Seriez-vous par hasard des poules
mouillées ?